Lwoavie Productions

CONTENTS

CHAPTER 01
9貓搬家

我們要搬家啦！！

不懂得奴才要搬到新工作室的理由。

而孤貓們也懶理孤泣的想法。只要能吃能玩，搬到什麼地方也可以吧！

快樂不知時日過！豆氏三女，在此期間急速成長。

由初生貓咪慢慢長大，爬爬走走，每天也從學習中成長。

身為大家姐的豆花，生來最不像爸爸媽媽。

一黑一白，竟生了一隻小花貓？這是什麼道理？

豆花也曾向爸媽問過這個問題，而豆豉與瞳瞳，當然不懂得解答。

世界如此奧妙，又怎曉得那麼多神奇事物？

而瞳瞳用上最簡易的說法來回答豆花的疑問：「乖孩子！無論你長成怎麼樣，妳也是我和爸爸最愛的女兒。

那我們呢？
不要忘記還有豆奶和豆腐！

「哎吔！怎麼少得妳們？乖孩子，妳們三個全都是我的最愛！」

瞳瞳從前是一個刁蠻公主。沒想到成了母親後，也跟她的孩子們般，急速成長。

然而，最大惑不解的卻是豆豉！

豆豉一直不理解：怎麼三個女兒，

沒一個像自己？

「你那麼烏黑黑，不像你才是一種幸運！」

哥哥和夕夕，稱兄道弟，但半點面子也不會給豆豉啊！

「到底我們何時要搬家？」妹妹走到哥哥身旁問道。

但回答的卻是僖僖。只見她又埋首在電腦面前，似是在尋找正確答案：「噢！應是下星期⋯⋯」

孤貓們聚在僖僖的身旁，一同看著電腦屏幕。只見畫面上，顯示了一張租約單據。

單據的資料，一目了然。新工作室的地址也一清二楚。

僖僖把地址資料輸入電腦的網頁搜尋器，一會，網頁地圖便顯示出新工作室的位置。

「噢！原來也不遠⋯⋯」僖僖說道。

正當孤貓們圍著電腦，好奇新工作室會是

怎樣的時候。豆腐悄悄地走到最前，搖著她那「松鼠般的尾巴」說道：「怎麼大家那麼好奇！我早就到過新工作室。」

嚇！

這下子孤貓們，無不轉頭看著豆腐。

為什麼誰也不知道，豆腐曾跟孤泣奴才到過新工作室？

「那天不知怎地，你們全都懶洋洋的睡得昏昏沉沉。就只有我跟孤爺爺在玩耍。碰巧他又要到新工作室一趟。因此，他便順道把我帶到那裡參觀！」

眾貓聽到豆腐的話，無不感到驚訝。兩個姐姐，豆花和豆奶，立時湊近豆腐身旁，問她新工作室的環境。

豆腐對於大家的好奇，不以為然，搔了搔她的白色長毛尾巴說道：「也沒什麼！只是比這裡大一點和闊一點。」

這句像是說了等如沒說？而「大」和「闊」到底有什麼分別？

孤貓們聽畢豆腐所說，他們的圓圓眼睛，全都成了一線，無奈地看回電腦屏幕。

僖僖搜尋地址後，又打開新的網頁，搜尋孤泣的「臉書」，查看奴才的新動向。

嘩嘩嘩！

到了孤泣的臉書版面，圍著電腦前的眾貓，全都嘩聲四起！

原來孤泣之前到過新工作室後，拍下幾張照片，並分享到社交平台。

沒想到新工作室的環境，就如豆腐所言，比這裡「大一點」和「闊一點」……

嗯！還能看到開揚的景色！

新環境確實比這裡舒服得多！

眾貓看過臉書上的照片。雖是充滿期待和喜悅，但同時對身處的工作室依依不捨。

說到底，這裡畢竟是大家一起成長的地方。

成長過程，就是每天也有新鮮事。搬家也不過是其中一項。

「9貓偵探社」亦如是，誰又料到他們在搬家過程中，即將要面對一個……

重大危機！！！

CHAPTER 02
貓B失蹤

呼！

孤泣此時大大呼了一口氣：「真的累死了！」

連日把所有東西裝進紙皮箱，再搬到新工作室，確實不是易事。除了消耗體力，壓力也大得嚇人。

「我以後也不想再搬工作室！」孤泣累透的坐在一個紙皮箱上，滿是抱怨的跟阿納說道。

「我也不想再搬工作室，人家是女兒身，怎麼會有體力幫你拿那麼多東西。」阿納邊說邊把一個重甸甸的紙箱疊到另一個紙箱上。

「嘩！看看你！這箱子裡頭全都是書，這樣輕而易舉？還說什麼『女兒身』？」

「這是最後一口氣，我現在已耗盡了，明天再搬到新工作室可以嗎？」

孤泣馬上看看手錶。嗯！原來也差不多晚上十一點。

「算了！反正東西也差不多收拾好……現只剩下……」

阿納還沒聽完孤泣說話，也猜到他想說的。

剩下什麼？阿納知道這是一個大難關。因為最後要搬離舊工作室的，便是令人最頭痛的九隻貓咪。

單是想到那個場面，便要阿納**叫苦連天。**

把九隻貓咪移居，又有什麼難度？

這實在是一項充滿挑戰的苦差。你以為九隻貓咪會乖乖的蹲在地上，讓她輕易地逐一抱起，帶到新工作室來？

這實在**天方夜談**！阿納清楚知道，天下間沒有那麼便宜的賬。

即使把一隻貓咪捉到籠裡，也要展開一場「追逐大戰」。

過程驚險萬分。

現在的阿納，單想到明天的情境，也叫她想馬上遞上辭職信。

轉眼到了第二天。

孤泣跟阿納，做足準備，展開一場大戰。

兩人回到舊工作室，穿上防護衣，馬上便把孤貓們，逐一捉拿。

「要把我們捉到哪裡去？」孤貓們見狀，立時左右亂躲。最有難度的應是豆氏一家。

豆氏三女是最難搞的，小孩子們無端被捕捉，自然害怕起來。

「哇！很痛！」一不小心，阿納便被豆腐一下抓傷。

「你已穿上防護衣，也會被抓傷？」孤泣說話之時，豆豉便衝向他亂抓亂叫！

女兒被捉，當父親的必定要保護。

在場的孤貓，最是冷靜的應是夕夕，只見他一動不動的**靜觀奇變**。

看著奴才展開這場滑稽的追逐戰，夕夕心裡確實好笑：「只是搬家，又何須那麼大陣象？」

夕夕此時自覺地走到了一個牢籠中：「還是快快離開吧！」🐱

阿納看到夕夕如此，不禁呼一口氣：「夕夕果然是大哥！」😛

接著是哥哥、妹妹和僖僖，他們也隨著夕夕的行動，一一走到所屬的籠子中。

豆氏一家呢？其實瞳瞳一直在安撫著小孩。

但豆氏三貓又怎會理睬，追趕跑跳了數十回合，豆氏三貓終被捉到，並放到特別為她們而設的寵物車子。

👓「唉！真是一場大混戰！」孤泣和阿納終於完成任務。

兩人此時累得氣喘呼呼，軟攤在地板上一動不動。

豆豉這一回，又被瞳瞳罵一頓。在瞳瞳心目中，丈夫總是衝動魯莽：「你只要耐心安撫一下三女便成，不用跟她們一起混戰吧？」😾

🐈‍⬛ 豆豉搖了搖頭向瞳瞳說道：「我見到奴才嚇

到了她們，才⋯⋯」

「不要說了！我們還是快快安頓下來吧！」

混戰終告結束！

幾經辛苦孤泣和阿納終把孤貓們送到了新的工作室。

想不到一場苦戰，弄了大半天。等到完成任務，心情也放鬆下來。

此時阿納卻突然發出一聲叫喊：『嘩！』

正拿著背包準備回家休息的孤泣，聽到阿納的叫聲，嚇得停下腳步。

『怎麼豆氏三貓不見了？』

『吓！』

CHAPTER 03 暗潮汹涌

CHAPTER 03
瞳瞳出擊

怎麼會發生這事情？

豆氏三貓怎麼會無端不見？

孤泣和阿納大為緊張。本來那寵物車子，有

一塊頂蓋，在開關位置雖沒有上鎖，但先前

阿納把頂蓋蓋緊，怎麼此刻卻打了開來？而放

在裡面的豆氏三貓卻沒了影蹤。

兩人馬上在新工作室內分頭尋找。

東看西查，孤泣和阿納，就從一堆堆紙皮箱中穿梭。

但，豆豉三貓到了哪裡？

工作室內的孤貓們，立時喵聲四起。他們自然知道了狀況。

豆豉和瞳瞳本來一直困在籠裡，得悉孩子們沒了蹤影，緊張的幾乎要撞破籠子。

「你們把我的女兒帶到哪裡？」

孤泣和阿納雖聽不懂貓語，但也意會到豆豉和瞳瞳正在鼓譟不安。

作為主人，孤泣也是心急如焚。他搜遍了工作室每個可能躲藏的角落，也是無功而還。他馬上便跑到走廊，擴大搜尋範圍。

但走廊空蕩蕩什麼也沒有，就連半個人影也沒有。

「嗯！老闆，我記得了……」還在工作室內的阿納從門縫伸出頭來，叫停了孤泣。

「怎麼？」

「剛才我們坐升降機時，遇上一個孩子，他拉著跟我們同款的寵物車子……」

孤泣腦內此刻如觸電般：「會不會被調包了？」

想到這一層，孤泣馬上又回到工作室內，檢查一下那輛本是載著貓B的車子。

阿納說得沒錯，這輛寵物車子，款式雖相同，但並不是孤泣的那一輛。

孤泣的一輛，是貼有「孤出版」標記的。但現在這輛車，卻沒有任何標記。

是一場鬧劇嗎？誰會跟自己開玩笑？

孤泣心想，假如真是在乘升降機時，不小心跟那個素未謀面的孩子把車子調包，又該怎麼辦？

事情危急，但孤泣還是稍稍放心。因為只要

到地下大堂，跟保安說明狀況，便能憑著閉路電視的畫面，追蹤之前發生的事情。

而尋回三貓的機率便大大增加。

孤泣心裡有數，馬上又跑到走廊，準備搭乘升降機。阿納把工作室門關上後，也隨後趕上。

『叮噹！』升降機門打開，兩人到了地下大堂，馬上便要找上保安員。

吓！怎麼在這裡睡覺？

沒想到那個在前台的保安，竟大剌剌的在睡覺？孤泣有點惱怒，大力拍打了一下前台。

「啪」的一聲，保安立時被嚇得驚醒過來。

保安員擦一擦眼睛，看樣子還不懂發生什麼事。

孤泣急不及待，用上兩倍語速說出了危急狀況。然而保安員又怎能理解？剛被吵醒的他，還似在**半夢半醒**。

哎呀！天下間，那有這麼磨爛的事！

XXXXXXXX

回說新工作室內。

這一回『9貓偵探社』要出動嗎?

此時工作室只剩下孤貓成員。當然,失蹤的三貓B,不計算在內。

眾貓一直困在牢籠內,對於貓B失蹤,大家也鼓譟不安。

實在無計可施?最為擔心的是身為父母的豆豉與瞳瞳。

豆豉作為「衝動派掌門」,此刻擔心得要把籠子撞破。問題是他有能力打得開鎖頭嗎?

　　這情勢，連夕夕大哥也想不出法子。而在三兄弟中，以豆豉最為身手敏捷。還記得上回，夕夕與豆豉被困在警局證物房，也是豆豉首先脫身。現在，被困在籠子的眾貓，著實期待豆豉能破籠而出。

　　然而，首先破籠而出的卻是**瞳瞳**！

　　困著孤貓的籠子，是一層層疊放著，有如幾座高樓大廈。而困著瞳瞳的籠子，是置於當中最高的一個。

　　這反映了母愛的力量嗎？瞳瞳也想從籠子中逃脫。她在成了母親後的日子，著實胖了不少。是因為瞳瞳的體重？瞳瞳不住猛力撞向籠子，不一會，瞳瞳的籠子便應聲從高處墮了下來。

　　此刻，在下層的籠子如骨牌般呼呼嘭嘭的，一一跌下來。

　　瞳瞳終能脫身，幸運地她沒因此而受傷。不過，其他成員卻要**遭殃**。

『哎吔！』

身處下方的豆豉，首當其衝。他被跌下來的籠子壓到！

「老公！你怎麼樣？」

豆豉的一條腿，被籠子壓著，瞳瞳馬上把籠子搬開，卻看到豆豉的腿已受重傷！

其他成員呢？

唉！這實在禍不單行。三個『9貓偵探社』主腦，竟同時遭殃。

在瞳瞳下方的幾個籠子，正好困著了豆豉，哥哥和夕夕。

三貓同時因跌下的籠子壓到而受傷！

「瞳瞳，先把我們的籠子解鎖……」僖僖跟瞳瞳大喊一聲。

瞳瞳看著幾個受傷的同伴，不知如何是好。幸得僖僖提醒，此刻才回過神來。

「現在……該怎麼辦？」瞳瞳驚惶失措，就連說話也顫抖起來。

僖僖和妹妹為瞳瞳解困，馬上把那些損毀的籠子搬開。

只見夕夕、哥哥和豆豉，攤在原地，表情十分痛苦。

妹妹和僖僖也找來幾個坐墊，化身醫護員，逐一把傷者安頓下來。

「我們的傷勢，也不算……嚴重！」說話的豆豉，其實傷勢不輕。

只見豆豉想努力撐起身子，但因為腳傷而沒

能站立。

「嗯，你還是不要再動。」瞳瞳此刻擔心又焦急。

僖僖輕拍一下瞳瞳的肩說道：「冷靜點！還是讓他們先休息一下。」僖僖說完，便遞上幾杯水給傷者。

「現在我們三貓也受傷，貓B們又突然失蹤……」豆豉說道。

事情確實急轉直下，如果只待奴才孤泣和阿納，又能否安然把貓B們帶回工作室？

眾貓當然不會放心，那……又如何是好？

『不用怕！

這回就讓我們三貓女闖關吧！』

說話的是瞳瞳！

沒想到本來慌張焦急的她，此時卻決心滿滿……

眼神流露出熊熊烈火！

到底早前在升降機內，發生了什麼事情？

「嗯！小朋友，可幫忙把升降機門打開嗎？」阿納說道。

當時阿納早覺得這孩子古古怪怪的，穿著一件黑色大雨褸，還拉下了帽子，看不見樣子。但阿納忙著搬運，也懶理這奇怪的孩子。

孤泣和阿納把孤貓們運送到升降機前，剛好那孩子也要乘升降機。

「可幫忙按著門鍵等一下嗎？」

那神怪的孩子，聽到阿納如此說道，馬上便按住升降機開關，讓兩人搬運孤貓。

「謝謝你！」阿納雖是笨手笨腳，還不忘跟那孩子道謝。

孤泣和阿納就此把孤貓籠子一一運進升降機。

「噢！怎麼拉著同一款寵物車子？」

把籠子搬妥後，孤泣兩人才發現孩子也拉

著同款的寵物車。

　那時並不在意，如今想來著實古怪。

　新工作室位處二十樓，而那孩子要在中間的層數離開升降機。

　因此，孤泣和阿納便要把籠子搬動，讓孩子離開升降機。

　孤泣和阿納先把載著三貓 B 的寵物車，推出升降機，並把其中的幾個籠子移開，才能讓騰出空位。

　三貓 B 就在那時被調包嗎？

　難道是把車子拉出升降機時，那古怪的孩子就這樣**偷龍轉鳳**？

XXXXXXXX

那個剛睡醒的保安員，此時才搞清發生什麼事情。聽得孤泣把原由說得一清二楚，此刻緩緩的搔著頭，似在想法子。

保安員年紀較大，思考也遲緩。孤泣和阿納內心雖焦急萬分，但還是保持忍耐。

「嗯！我們先可看看較早前的閉路錄影畫面啊！」保安員說。

孤泣興奮的大力拍一下掌。

對呀！要先看閉路畫面，那便可證實我們的推測，也可能找到那古怪孩子在哪裡。

保安想到法子後，馬上便從眼前幾部電腦按下掣鈕。

但……保安員在搞什麼？

只見保安員在電腦前搞東搞西，按了幾下

鍵盤上幾個掣鈕，又看看畫面的狀況。

「嗯……這東西應怎樣操作？」老保安搔了搔頭說道。

「吓！」

「嗯！不好意思！我才在這裡上班幾天，待我再研究一下！」

孤泣跟阿納互望一下，心想這下子真是啞口無言。

但最懷的狀況還沒出現！

沒想到保安員在電腦前搞東搞西之際，那部電腦突然冒起煙來……

嘩……大件事啦！

XXXXXXXX

　　以瞳瞳、僖僖和妹妹之力，能夠闖關嗎？

　　妹妹上一回，曾跟夕夕他們一起歷險，以經驗來說，也算是能勝任。

　　但僖僖和瞳瞳呢？兩貓自從被孤泣收養後，幾乎**足不出戶。**

　　更從沒跟其他 9 貓成員般，曾經歷危難。

　　勝券在握？ 這實在令人懷疑，但瞳瞳作為母親，也不能想得太多。

　　再加上僖僖和妹妹，三貓女這一回必定要把貓 B 安全救回來。

　　嗯！還是等一等。現在的狀況，應否要思考一下，貓 B 們到底何以無故失蹤？

　　這一刻大家還是要冷靜思考。

　　到底在哪裡出了問題？

🐱「剛才知道了那輛車子，不是載著貓B。也聽到奴才跟阿納說道『可能被調包』……」

夕夕雖身受重傷，但思考力還是清晰：「我們便先循著這方向調查吧！」

🐱「奴才現在也在調查吧！」哥哥跟大家說道。

眾貓相互對望，同想著依孤泣的能力，又能否成功把貓B們安全帶回來？

這實在令人懷疑得很……

豁出去了！

瞳瞳不想再等，馬上便衝向大門，要拯救女兒。

還沒準備好的僖僖和妹妹，立時追上。但走了兩步，便看到瞳瞳在大門前煞停！

「怎麼？」🐱

就在瞳瞳打開大門要離開工作室之際，門縫竟突然有一張紙條掉落。

然後門外便傳來一陣可怕的笑聲。

眾貓不禁震驚起來，到底發生什麼事？

瞳瞳馬上拾起那張紙條，當看過紙條內容後，真相也揭曉！

「哈哈哈哈！你這班傻瓜們，我要報復，我要報復，你們害得我這麼慘！這一次要把你們的孩子擄走。哈哈哈哈！不要說我不近人情，給你們玩一個猜謎遊戲，假如猜得到，我便把那些孩子還給你們！」

寫下信條的是誰？也不難猜想，就是「傻瓜」是也。

實在太可惡！那傻瓜著實是一個大壞蛋。怎料到竟然要向孤貓們報復？

CHAPTER 05
壞蛋重臨

怎麼辦？怎麼辦？

這部電腦怎麼無端冒煙？

保安員按了什麼？是會爆炸的按鈕嗎？

除了冒煙，還開始冒火！阿納看到這情境，想也不想，便拿起前台的一杯水，潑向那冒火的電腦。

「喂⋯⋯」

孤泣想制止，但為時已晚。雖然那杯水能撲火，但電腦便即時報銷。

在場三人，無不瞪大了眼。看著這部已報銷的電腦，不知道如何是好。

老保安定過神來，馬上提起對講機通知上級。

孤泣兩人此刻無計可施，看著這老保安如一個闖禍小孩，在前台團團亂轉。

假若是一個小孩子還好，起碼行動還會迅速一點。但保安這把年紀，動作卻顯得遲鈍緩慢。

難道沒有其他保安能幫他一把？

原來夜班的保安員，比起日班的確實低效率很多。雖然這個保安已通知了他的同事，但其他保安員，到底要用多少時間才能回到這個大堂？

「我相信，跟我們調包的小孩子，應是這裡的住客！」孤泣邊看著老保安的一舉一動，邊跟身旁的阿納悄悄說道。

「這機會很大……」阿納把孤泣拉到一旁，輕聲續說：「與其等著這保安搞東搞西，我們不如試試自己在大廈內尋找。」

孤泣回應道：「但……這裡的電腦系統保安嚴密……我們要走到其他樓層尋找，也不容易。」

「但你看看現在那部電腦！系統會否因

而壞掉。」

　　孤泣點一下頭，心想也不無道理。為了救回三貓 B，也在所不惜。

「嗯……保安叔叔，我們還是先回到工作室。待你們能幫忙處理，我們才回來。」

　　保安員還是在搞東搞西，聽到孤泣如此說道，他只是點頭便算。

　　孤泣和阿納馬上離開，走到升降機門前的位置。

「這個保安真是神經兮兮！」阿納嘆一口氣跟孤泣說道。

　　孤泣皺眉搖頭，面對這老保安確實令人感到沮喪。快快離開才是明智的選擇。

　　『叮噹！』升降機應聲打開，兩人馬上踏進去。在升降機關門後，二人並不是要回

到工作室的樓層。

「納！你記得那孩子是在哪一層離開？」

阿納搔一下頭說道：「是十二、十三，還是

十四？」

　　這沒記性的傢伙，著實令孤泣無奈，但他

卻不懂得自己也是。

　　孤泣只好隨便按下一個層數。

XXXXXXXX

瞳瞳拿著紙條，雙手不住顫抖，此際懊惱不已。

「這是什麼圖案？」僖僖問道。

除了一段關於報復的紙條，傻瓜還附上一張畫了一個奇怪圖案的書籤。而圖案就說明這是一個『復仇遊戲』！

瞳瞳看著這奇怪的圖案，大惑不解，走到夕夕身旁：「夕夕大哥，你看一下！」

受了傷的夕夕，本來攤坐在一旁。此刻他緩緩換了個姿勢，接過書籤和信條。

知道了這是傻瓜的一場復仇遊戲後，夕夕既驚且憂，默默看著印有奇怪圖案的書籤。

圖案確實奇怪，只見如一個小迷宮的黑色粗線條，到底代表什麼？

　　夕夕把書籤上下左右反轉看，也不明就裡。而圖形最可能是一個路線圖：「難道是『路線指引』嗎？」

　　「我們是要跟著路線來找孩子嗎？」瞳瞳問道。

　　「但如果是一幅路線圖，沒有加上其他說明文字，又該從哪裡開始找？」僖僖搔了搔頭說道。

　　確實有理，夕夕也不太明白當中含意。沒有說明，又怎能跟著路線圖尋找？

　　難道這並不是路線圖？但如若不是，又是什麼？

　　夕夕又換了個姿勢，把那書籤放到地上，讓孤貓們同看。

　　大家看到那奇怪圖案，同樣苦惱不已。

到底傻瓜在玩什麼花樣？

最焦急不安的當然豆豉和瞳瞳，此刻的瞳瞳更急得要哭出來：「即使現在我們猜得到這圖案是什麼，傻瓜也不知道會待我的寶寶怎樣……」

平常的豆豉會立時撲向瞳瞳，給她一個擁抱和說上幾句安慰的說話。但現在他的腳傷，卻使他行動不便。

這回，難道是孤貓們的大難？豆豉看到瞳瞳如此擔憂，淚水也幾乎要掉落。

但豆豉此刻擦一下雙眼淚水，心裡回想著上一回，跟夕夕他們的遭遇，同樣在大難臨頭之時，能轉危為機。

此刻豆豉也深信這一點，每趟在困難過後，曙光便會出現！？

但願如此……

「嗯！你們過來看一下！」僖僖彷彿有所發現的跟大家說道。

僖僖說著，便把那張書籤對著頭上的光管照來照去，左右張望。

有什麼怪異之處？

「你們看下……在光線照射下，這張書籤好像有些文字浮現。」

吓！

孤貓們同感震驚，難道這就是曙光嗎？

CHAPTER06
奇怪圖案

「我們要逐家逐戶查探嗎?」阿納跟孤泣問道。

孤泣沉思,想著有什麼好辦法:「這麼晚⋯⋯要是逐戶按鈴查問,似乎有點過分。」

孤泣兩人到了十四樓，打算由上而下逐戶查探，但在這樓層的走廊上，兩人卻猶豫起來。

這座大廈屬於商業用途，理應在這時段，大多單位內的人，都早早下班。即使按鈴打擾，也有機會沒人應門。

「喵……喵」孤泣在想法子之際，旁邊的阿納便發出「喵喵」之聲。

這辦法似乎管用。如果三貓 B 在單位內，只要兩人發出貓叫聲，可能會有回應。

孤泣照著阿納的方法，在一個單位門前「喵喵」的叫起來。

沒有回應，那便到另一個單位。兩人分頭行事，從頭到尾，在每個單位門前「喵喵」的叫，然後再湊近大門，細聽單位內有何動靜。

可惜這一層，每個單位都沒有絲毫回應。

「我們到下一層吧！」孤泣跟阿納說著，

兩人便從梯間走到十三樓。

　依舊是一條無人走廊，兩人反覆**「喵喵」**的叫。

　『叮噹！』

　沒想到無人走廊內，卻突然傳來一下聲響。

　孤泣兩人還以為是誰家誰戶作出的回應，怎料只是升降機到達的聲響。

　「怎辦？」

　孤泣跟阿納馬上調頭，躲在梯間位置，把防煙門作掩護，然後探看升降機的方向。

　「噢！」

　這麼晚，會有誰回來？

　孤泣兩人嘀咕之際，身後突然又傳來聲音。

　　真是嚇人，梯間本是空蕩蕩，氣氛已夠可怕。現在兩人偷偷躲藏之際，聲音從後而來。嚇得兩人同時跌了一交，更把防煙門推開，直跌在走廊上。

　　「你們在這裡幹嗎？」

　　身後的聲音，原來是另一個保安員在說話。

　　同時，那邊的升降機內也有一個人走了出來。

　　跌倒在地的孤泣，還看到那人背向他們，並向他們的相反方向走去。

　　只見那人的身形和裝扮，不就跟那個在升降機遇上的怪孩子一樣嗎？

　　他還推著一輛車！

　　「你們半夜三更，在這裡幹嗎？」那個保安員，此刻把孤泣兩人當作竊賊。

　　「不……」😐😑

　　這下子要怎麼做？

XXXXXXXX

說回工作室內的孤貓們。

正當妹妹從光管下看到書籤上還有隱藏的文字，僖僖馬上便從一個櫃子中，拿出幾副智能眼鏡，分發給孤貓們。

打開智能眼鏡當中的夜視功能後，隱藏文字更加清晰可見。

「哈哈！你們能看到這段文字，也夠本事！不過這裡只給大家說明，猜謎遊戲，只給兩小時時限。不然，你們永遠不會見到那三貓B！哈哈哈！」

眾貓此時看過那段隱藏文字後，傻瓜的笑聲便彷彿從遠處傳來。

這實在令眾貓憤怒不已。

鸚鵡傻瓜實在…… **卑鄙無恥！**

　　捉走三貓，還要用上一個猜謎遊戲，來耍玩眾貓！

　　而那段隱藏文字的警告，更令眾貓提心吊膽。

　　瞳瞳著實忍不住，要哭出來了。

　　平常日子，豆豉看到瞳瞳傷心如此，必定馬上走到她身旁安慰一番。但豆豉此刻的傷勢，卻不能這樣做。

　　實在太惱人了。此刻的境況，如何能拯救自己的孩子？

　　豆豉雖是堅強，但此刻遇上這危難，也忍不住流下男兒淚。

　　『我不理……』

　　就在眾貓不知所措一刻，瞳瞳卻突然叫喊起來，瞬間便衝向大門，用力拉一下門把，便衝出工作室要拯救孩子。

　　情況雖如此危急，但瞳瞳的一時衝動，又如

何能拯救孩子？

　　僖僖和妹妹，正想要追上瞳瞳一刻，夕夕卻叫停她們！

　　「你們要騎智能摩托車追上瞳瞳，以及跟我們聯絡，好等我們在這裡支援。」

　　夕夕說得對。以往『9 貓偵探社』辦案，智能摩托車起著重要作用。孤貓們互相傳訊和在工作室內的通報，摩托車也能幫得上忙。

妹妹和僖僖當下也不用細想，馬上便坐上智能摩托車，追上瞳瞳。

「夕夕大哥，你懂得控制電腦跟我們聯繫嗎？」僖僖跟夕夕問道。

夕夕皺一下眉說道：「我也要試試……」

這危急狀況下，眾貓也要硬著頭皮闖關。電腦這方面，一向是僖僖強項，而夕夕他們，也不過圍在僖僖身後，左看右看。

對於如何操作，卻沒深入了解。但現在的狀況，即使不懂也要嘗試。

『9 貓偵探社』的精神也在於此。

遇到任何困難和挑戰，

也要盡力闖關！

CHAPTER 07
勇救貓B

　　這個保安員，對比在大堂的那個年輕得多。

　　當這個保安員看到孤泣和阿納，半夜三更鬼鬼祟祟在梯間，自然以為是什麼竊賊。

　　「你們……是什麼人？」年輕保安說著，即

時要一把捉住跌在地上的孤泣兩人。但雙拳難敵四手，年輕保安只擒到了孤泣。

而阿納因為個子嬌小，且被孤泣的身子擋住，並沒被束手就擒。阿納見狀，馬上從地上爬起來逃走。

在走廊的另一方向，那個疑似調包三貓B的人，此時便轉個頭來。

阿納從後方直衝過去，當看到那個人轉臉過來之時，便忍不住大喊：「你⋯⋯搶了我們的貓B嗎？」

那個人被阿納嚇到。怎麼半夜的走廊會突然出現一個女人，向著自己衝過來？

而且還要邊走邊喊！

『你⋯⋯⋯⋯』

阿納一向膽小，在這危機關頭，鼓起前所未有的勇氣逃走，同時也要追截前方疑似捉了三貓B的人。

能先發制人？阿納大喝一聲，企圖制止疑犯。

但，阿納沒想到，這個疑似把 3 貓**偷龍轉鳳**的人，似乎並不是**調包者**。

阿納喝止一下，疑犯馬上便轉過身來——原來是一個年老的清潔工！

只見清潔工推著一輛垃圾車，滿車也是黑色膠袋。

清潔工個子小，因此令阿納懷疑他就是犯人。還推著一輛車子，難怪會令她誤會。

本來**蓄勢待發**，此際呆在當場。

待得回過神來，阿納緩緩轉頭看看被擒的孤泣，真不知如何是好。

被年輕保安擒住的孤泣，遠看著阿納，也看到那個年老的清潔工，馬上理解到，這個人並非捉拿

貓B們的人。

是……一場誤會！

被擒的孤泣，怎樣解圍？

「你們是竊賊嗎？」

「不！我們是這裡的租戶……」

這回真如一個逃犯，但兩人並沒犯下什麼罪

行，何以要被如此對

待？

想解釋一番，卻又

百詞莫辯。

XXXXXXXX

瞳瞳不顧一切，為了三個孩子，誓必要闖過難關。她獨個兒走出了工作室，心知沒有豆豉的身手，也沒有夕夕的頭腦。

但坐著等待又如何？

瞳瞳作為母親，一定要拯救孩子。她在想，傻瓜的提示，說明孩子是在這座大廈內。因此她不願細想書籤的奇怪圖案，現在只好誤打誤撞的尋找。

「喵……喵……」母親跟女兒，心靈相通。也許沿路的叫聲，可引起貓B們的回應。

瞳瞳先在二十樓的走廊上，逐家逐戶的門叫起來。

而貓B們在這一層某個單位內的機率實在很低。但瞳瞳當然不會放過任何機會。

2001,2002,2003 ……

瞳瞳在每個單位前，也大聲喵喵叫。

確實每個單位也沒有任何回應。

此時的瞳瞳，沒時間失望，馬上便撞開防煙門要走到下一層。

同時，僖僖跟妹妹帶齊裝備，騎著智能摩托車衝出工作室，要追上瞳瞳。

瞳瞳已沒影蹤！

不容細想，兩貓直向走廊盡頭的梯間駛去。

「瞳瞳……」

幸好智能摩托車的速度，追得上瞳瞳。

正當瞳瞳要直往下一層，僖僖和妹妹轉眼便在梯間追上了瞳瞳。

僖僖兩貓找到了瞳瞳，也呼一口氣！

「瞳瞳，你坐在我後面吧！」僖僖一手便把瞳瞳拉到自己身後。

一躍而上，瞳瞳便坐到僖僖後面。

「我們跟你一起找吧！夕夕大哥他們會很快

想出謎題，那便能拯救貓 B。」

　　說來易辦，但實際又如何？瞳瞳心知僮僮只是安慰自己。但此刻只有這一個方法，就是邊找邊等待夕夕他們想出答案。

✕✕✕✕✕✕✕✕

　　謎題到底如何破解？

　　夕夕現在想破了頭，呆看著書籤上那奇怪的圖形。

到底還有什麼玄機？

　　「是倒轉看？還是反過來看？」哥哥邊說邊一拐一拐走到夕夕身旁，接過書籤反覆查看。

豆豉也爬起身來，細心觀察書籤：「既然在燈光下，能照出隱藏文字，現在又會否用其

他方法能看出什麼？」

　　夕夕聽到豆豉的說法，在想著還有什麼方法能浮現其他隱藏東西？

　　夕夕觀察工作室的四周，看看有什麼東西能啟發思考。

　　工作室內最多的便是書，還有孤泣的珍藏波鞋。但這些東西又有何功能？

　　光照的效果使得字體浮現，那還有什麼東西？

　　「噢！」夕夕此刻看到了！

　　是「水」嗎？

　　夕夕看到角落的一台寵物飲水機，心想，假如把書籤浸泡在水中，又會浮現出什麼來？

　　夕夕想到便做，他緩緩站起身來，走到那個寵物飲水機旁邊。

　　哥哥和豆豉，看到夕夕有所動作。也知道他的想法。

🐱「我看過電影橋段也有類似情節⋯⋯」哥哥雀躍的跟夕夕說道。

　　夕夕只輕輕點頭回應，定眼看著飲水機不住浮動的水面。

　　待了一會，夕夕便把書籤置於水上。

　　哥哥和豆豉肩並肩的緩緩走到夕夕身旁。

　　此刻實在期待，書籤浸泡在水中，會浮現出什麼東西？

　　三貓一直在飲水機前等待變化。然而，又會有預期的效果？

　　期待往往令人失望。三兄弟，**目不轉睛**看著書籤變化，但始終沒有任何異樣。

　　「沒有⋯⋯」🐱🐱🐱

夕夕失望的點一下頭，並把濕漉漉的書籤拿起來：「不是用『水』，那有其他方法？」

「火！」哥哥說著，指向桌上的一個火機。

夕夕和哥哥同時朝著豆豉指著的方向，心裡猶豫起來。

「我也有看過什麼電影劇集，用火燒烘紙張時，那些秘密便浮出來。」

到底哥哥何時看過那麼多電影劇集？這問題似乎不是重點，但也是有參考價值！

　　而書籤因為用水浸泡，現在濕漉漉的，正好用「火」來烘乾。

　　但夕夕卻猶豫起來，假若要用上「火」，便要小心謹慎，不然，小則把書籤燒成灰燼，大則隨時會釀成火災，把整個工作室焚毀。

　　夕夕想到這一層，吞一下口水。看著桌面的那個火機，心裡 **舉棋不定。**

　　豆豉看著猶豫的夕夕，衝動急躁的性格又浮現出來，竟一手搶過夕夕手上的書籤，轉身走向桌子。

　　「豆豉⋯⋯」

　　哥哥也擔心要用上「火」的危險性，看到衝動的豆豉，馬上便要制止。

　　幸好因為傷勢，豆豉雖搶到書籤，但動作卻慢吞吞。而哥哥在後頭一下撲前，便捉住了豆

豉：「豆豉，我們還是冷靜想想。」

　　就在兩貓爭拗期間，哥哥便捉住豆豉手上的書籤。

　　書籤因被水浸泡，質感變得軟綿。就在哥哥捉到書籤一刻，可怕的事情發生了！

　　那張……書籤，竟被撕開兩半……

　　夕夕此刻目定口呆。

OH!NO! 大事不妙！

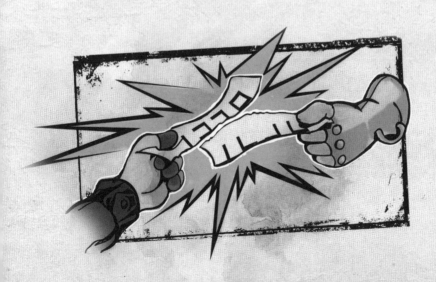

CHAPTER08
偷龍轉鳳

孤泣跟阿納，此刻就如竊賊般。

兩人被那年輕保安逮到後，便雙雙帶到位處一樓的保安室。

還以為這座大廈，在夜間只有大堂的保安員。原來保安室內，還有幾個保安。

「我們不是賊，是這裡的租客。」阿納跟一

眾保安大聲說道。

「即使是租客，也不能隨便走到其他樓層。你不懂這裡的守則嗎？」剛才逮住孤泣的年輕保安答道。

「那個老保安在哪裡？之前我們已向他交待！」孤泣大聲跟年輕保安說道。

「你是說誰？這裡除了我較年輕，全都是年長一輩。」

孤泣看看保安室內的幾個保安，確實全都一把年紀，心想要怎麼形容那個保安？

「那⋯⋯個手腳遲緩，說話也慢吞吞的⋯⋯」

「你還是不要聲東擊西，既然是租客，又有什麼證明？」年輕保安說道。

這真是⋯⋯

沒想到這年輕保安如此**冥頑不靈。**

有什麼大不了，要把孤泣和阿納困在這裡？

阿納此刻心想，早知如此，在孤泣被捉到時，自己趁機逃跑便算。

　　起碼可以獨自在大廈內尋找貓 B。

　　現在不知道要花多少唇舌，向這個人解釋。這樣待著，實在浪費時間。

　　「我們還是報警吧！」年輕保安跟其他保安員說道。

　　在座的保安就如木偶般，對於年輕保安要報警的說法，並沒什麼意見，呆呆的樣子真是要命。

　　正當年輕保安說著，便拿起電話報警之際，保安室的門突然打開。

　　是那個老保安！

　　「嗯！是他！」孤泣指著大門站著的老保安說道。

　　年輕保安動作停了下來，回頭一看，原來孤

泣所說的是平叔嗎？

「平叔！你知道這兩個人？」

老保安平叔，聽到年輕保安的話，有點愕然。搞不清他在說什麼。

年輕保安馬上簡單說明剛才逮到孤泣兩人的狀況。

事情憑平叔能解決嗎？

可惜是，平叔的答案，實在令孤泣氣炸。

「怎麼？有這些事情嗎？我忘記啦！」

XXXXXXXX

　　豆豉呆呆看著夕夕，彷彿還沒弄清當前發生的事。怎麼辦？那張書籤竟被撕掉！

　　豆豉、哥哥和夕夕傻眼了！三貓看著書籤撕成兩半，要如何是好？

　　呆呆的三貓，注視著撕成兩半的書籤，苦惱不已。一直也猜不到謎底，現在還毀掉了。

　　「你搶什麼？現在怎辦？」豆豉向哥哥罵道。

　　「我只想你不要衝動！萬一燒毀那張書籤怎麼算！」

　　「現在不是一樣嗎？書籤撕成兩半，叫我們怎麼猜到答案！」

　　哥哥跟豆豉，就這樣爭吵起來。

　　但夕夕一直沒有理會兩貓，也沒打算上前勸

交。他呆呆看著地上撕成兩半的書籤，似乎有
所發現。

『我知道了！』

　哥哥和豆豉吵得熱哄哄。幾乎要大打出手之
際，便聽到夕夕大喊一聲。

　兩貓剎時停火。

『原來是這樣嗎？』夕夕拾起了撕成兩半
的書籤，然後合拼起來左右移動幾下。

哥哥和豆豉滿腦問號，不明白夕夕的意思：
「只要把書籤移一點，便出現一組數字……」

　能想出來嗎？本來一個怪異圖案，只要把分
成上下兩半的圖案移位，便能清楚看到一組
數字。

1238!1238!1238!1238!1238!1238!

「是門牌數字？」豆豉問道。

夕夕肯定的點一下頭，馬上便走到電腦前，按照僖僖跟他說明的操作。不一會，便聯絡到僖僖她們。

「答案就是 *1238!*」

　　那邊廂的僖僖、妹妹和瞳瞳，得到夕夕的通報，三貓戰意激昂馬上直衝向十二樓，除了要救回三貓 B，還有就是要跟傻瓜算帳。

　　到底夕夕他們如何猜到答案也不太重要，僖僖三貓騎著摩托車直衝向目標樓層。

　　要知道傻瓜並不會坐著看，瞳瞳即使能拯救孩子們，又能抵抗傻瓜的力量？

　　不要想太多，*1238* 這個門號單位，現在就在眼前。

　　瞳瞳三貓直駛到 *1238* 這單位，而單位的門便自動打開。

　　「呵呵！沒想到你們真能猜出答案。」

　　是傻瓜的聲音，但他在哪裡？

　　三貓看到大門打開，只見裡面一片漆黑，雖傳來傻瓜的聲音，但他卻不知去向。

　　「你把我的貓 B 們怎樣？」瞳瞳一馬當先，

沒有顧忌，直闖進單位內。僖僖和妹妹自然想
制止，為防傻瓜設下其他陷阱。可惜為時已晚，
瞳瞳想也不想，便衝進單位內。

「沙啦沙啦！」

當瞳瞳闖進單位，聲響便揚起。

而室內的燈光也應聲亮起。

妹妹和僖僖猜對了！傻瓜確實設下陷阱。

妹妹和僖僖看到瞳瞳被捉了，且困在一個懸
在半空的網袋中。

CHAPTER 09
破解謎團

又要把事情從頭說一遍！

孤泣和阿納無奈的把事情始末，重複說給一眾保安。

那個叫作平叔的保安員，聽過孤泣所說後，且才喚起記憶。

怎麼會招聘一個記憶衰退的保安員？

現在說明了狀況，可以放過我們嗎？

年輕保安叫作阿星，此時聽過孤泣解釋，而平叔也記起之前曾跟孤泣交涉。此刻他的態度也軟化下來。

「怎麼你們不早點說？」阿星說道。

吓？你有給機會我們解釋嗎？

孤泣和阿納心裡不滿，但對著這個固執的保安，還是不要再跟他理論。

「我有辦法追蹤到調包的人。」一直呆坐聽故事的另一個保安，此刻突然朗聲說道。

保安室內，眾人眼光同看著那個一臉自信模樣的保安。

「我們只要在電腦中追查那時候發生的事便成。」

這還用說嗎？

孤泣和阿納的容忍度實在太高！早就說了

要看閉路錄影畫面，問題是那個平叔，把電腦弄壞才一直拖延到現在。

那個想到辦法的保安，說完便走到保安室一角，只見那角落，擺放著幾部電腦。

幸好這大廈不只一部電腦，孤泣看看平叔，心想：請不要再走近那部電腦，免得又把電腦弄壞。

只見本是呆著的保安，一下子精明起來。在電腦前按下幾個畫面，很快便能尋找到資料。

畫面很快便切換到當日孤泣和阿納搬往新工作室時，在升降機的狀況。

畫面俯瞰的角度，

使得狀況 **一目了然。**

　　最初的狀況就是那個拉著同款寵物車的小孩，按著升降機開關，正等著孤泣和阿納進入。

　　待得孤泣兩人把車子搬進升降機後，門便關上。隨後，小孩跟孤泣兩人被車子左右分隔。

　　「是 **12** 樓！」孤泣看到畫面中，孩子按下的層數。

　　「你看！那孩子果然把貓 B 調包！」阿納指著畫面中孩子的動作。

　　的確，那孩子早設下詭計。待得在升降機的混亂狀況下，趁機**偷龍轉鳳。**

　　證據確鑿，那個所謂的「孩子」是有意偷去三貓 B 的，而「孩子」即是「傻瓜」。雖然孤泣和阿納不懂傻瓜是誰。但此刻看到畫面中穿著神秘，個子不高的身形，真以為是一個小孩。

而「小孩」就在調包後，從十二樓走出，如是說三貓 B 可能一直被禁錮在十二樓？

孤泣和阿納，此刻心急如焚，正想離開保安室，衝上十二樓之際。保安卻立時叫停他們：「你們知道『孩子』到了十二樓後的去向嗎？」

孤泣兩人立時停下來：「對，要知道那個『孩子』到了哪裡，才能追查。」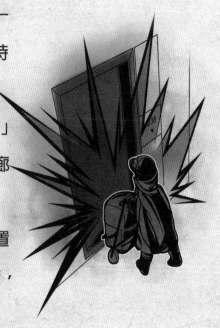

保安馬上把畫面一轉，眾人便看到當時十二樓走廊的狀況。

同一時間，「孩子」走出升降機，並向走廊盡處走去。

「噢！是這個空置單位嗎？」另一個保安，

看著畫面狀況說道。

　　現在，保安室內每個人，也清楚知道，那「孩子」推著寵物車，走到一個空置單位內。

　　而那單位的門號，就是「*1238*」！

XXXXXXXX

　　僖僖雖一直沒跟大伙兒闖關，但她的身手也不比眾貓弱。

　　而且僖僖隨身也帶備不少科技武器。

　　「唏！」

　　僖僖此時大喊一聲，手上便擲出兩枚飛鏢。

　　兩枚飛鏢擦過懸掛半空的網袋，破出一個大洞，很容易便把網袋破壞。

　　瞳瞳馬上脫身！只幾下翻身，落地之處正好是僖僖和妹妹身旁。

「別以為我們女兒家沒有本事！」

此時迎來一陣猛風，隨後一個旁大身影也撲面而來。

是傻瓜！

瞳瞳三貓及時四散，避過傻瓜來襲。

「你們這些小貓，確實有本事！」傻瓜說著再度飛撲出擊。

瞳瞳三貓，分三個方向逃脫，傻瓜就似**「麻鷹捉雞仔」**隨機撲殺。

妹妹的距離跟傻瓜最接近，不用細想，傻瓜一雙利爪，就似雙刀，直向妹妹攻擊。

僖僖此刻再度投擲飛鏢，傻瓜正要撲殺妹

妹，並沒想到僖僖有此一著，噼噼啪啪，傻瓜便中了一下「頭獎」。

傻瓜被兩枚飛鏢擊中，立即暈頭轉向。本來撲向妹妹的衝勢，一下子便直跌在地板上。

「瞳瞳，馬上尋找貓 B 們吧！」僖僖跟瞳瞳說道。

對，要把握時間尋找女兒！經僖僖提醒，瞳瞳馬上四周察看。

這裡空空如也，貓 B 們到底被困在哪裡？嗯！這裡唯一的間隔便是洗手間。不容細想，瞳瞳馬上撲向尋找。

『媽咪！』

果然，三貓 B 真是被困在洗手間內。瞳瞳此刻淚水直流。三個女兒 **得而復失** 的感覺，難以形容。

可是貓 B 們，還被困在牢籠內。

「怎麼把這籠子打開？」瞳瞳看到籠子扣著鎖。

鎖匙在哪裡？難道就在傻瓜身上？

瞳瞳又走出洗手間，看看傻瓜的狀況。

只見傻瓜雖被擊到，但過了一陣子，馬上又

要攻擊妹妹和僖僖。

『看我的！』瞳瞳此時大喊一聲。

傻瓜一聽到瞳瞳的叫喊，本來還殺氣騰騰的他，竟被嚇得停下攻擊！

原來瞳瞳駕著智能摩托車！

傻瓜如此驚訝的原因，是因為先前夕夕也是駕著摩托車向自己衝撞過來。

此刻，瞳瞳重施故技，駕著摩托車直衝向傻瓜。

呼嘭！

傻瓜再一次被摩托車撞到！

「鎖匙！」瞳瞳千鈞一髮間，把傻瓜撞得落花

流水之際，看到有些東西從傻瓜身上掉落。

 金光閃閃的，就是籠子的鎖匙嗎？

　　「僖僖，妹妹，那東西是鎖匙嗎？快快拾來幫貓 B 們解鎖。」

　　僖僖，妹妹沒有怠慢，及時拾起鎖匙要救出貓 B。

　　但同時，傻瓜被摩托車撞到後，緩緩掙扎起來。

「……你們這幫……小貓……實在太可惡！」

「你才是最可惡！」瞳瞳氣忿的駕著摩托車，準備再次攻擊。

一下轟隆的引擎聲，瞳瞳再度出擊，直向傻瓜衝去。

然而一陣猛風再度襲來。傻瓜展翅飛揚，及時避過瞳瞳。

瞳瞳冷不防傻瓜有此一著，衝勢便直向後面的牆壁撞去。

嘩！

幸好瞳瞳在撞牆一刻及時煞停，一個轉身的傻瓜又到了哪裡？

傻瓜避過瞳瞳，轉頭便直飛向洗手間。

妹妹和僖僖眼明手快，在瞳瞳向傻瓜施襲

瞬間，及時從地上拾起那條鎖匙，並衝向洗手間救出貓 B。

　　瞳瞳緊隨要追上，但傻瓜直飛往洗手間後，同時也把門用力關上。

　　瞳瞳幾乎又撞過正著，這是困獸鬥嗎？三貓 B、僖僖和妹妹在洗手間內跟傻瓜會有一場激鬥？

　　沒想到，洗手間的門剛剛關上又再打開。

　　嘰呱一聲，傻瓜又從洗手間衝出來。但……他口裡卻咬著三貓 B ！

　　僖僖和妹妹，剛才沒有防避。正當她們把三貓 B 從牢籠救出之際，傻瓜便衝進來。而且一口便咬住了三貓 B。

　　「不要傷害我的女兒！」瞳瞳激動的大聲喝道。

傻瓜當然沒有理會，咬著三貓B不放。並揚飛起來，直衝出 *1238* 單位。

『不要……』🐱🐱🐱

瞳瞳、妹妹和僖僖，緊追傻瓜。

傻瓜口咬著貓B們不放，揚飛到走廊升降機的位置。

『叮噹！』怎麼升降機，剛好到達這一層？

傻瓜就趁這機會，要飛進升降機內。

沒想到，孤泣和阿納等人，正正就在升降機內。

孤泣和阿納從閉路錄影的畫面中，得知失蹤的貓 B 們，原來在 **1238** 這單位內。

那個年輕保安阿星，總是衝勁十足。或許是他之前以為孤泣是竊賊而感到歉意？所以此刻要伴隨孤泣，到十二樓追查真相。

在升降機內，孤泣三人內心**焦躁不安。**看著攀升的層數，這短短的十二層樓，此時卻似

在攀越摩天大廈般漫長。

『叮噹！』

到了！

當升降機門打開。孤泣等人，又怎料鸚鵡傻瓜竟直衝而來。

『嘩！搞什麼？』

亂飛亂舞的傻瓜，使得升降機內的三人措手不及。

狂追不捨的瞳瞳三貓，始料不及在這緊急狀況下，遇上奴才孤泣！

瞳瞳此時也不理那麼多，直撲向傻瓜。

孤泣三人混亂間，同時跌倒。一仆一碌的跌到在走廊之際，升降機的門竟自動關上。

「怎麼辦？」僖僖和妹妹，呆呆看著這一幕。奴才和阿納竟就在面前。

「嗯！是僖僖和妹妹……怎麼你們會在……

這裡?」

這個問題，應怎樣回答？

而升降機內的狀況又如何？

這真如一場困獸鬥。

瞳瞳現正獨自面對這個強敵，又能應付嗎？

「哈哈！你這隻小白貓死定了！」

傻瓜把咬著的三貓 B 放口，使得她們要從空中掉落。

瞳瞳沒等閒，及時接住三個女兒，但從天而降的傻瓜，兩雙利爪便在頭頂！

『嘩！』

瞳瞳被傻瓜重擊，本抱著三個女兒也遭連累，左右跌撞在升降機的角落。

「哎呀！」

瞳瞳被傻瓜重擊倒地！

但傻瓜沒罷休，此刻又回到高位直衝而下。

「噢！」

　　傻瓜得勢不饒人，在半空展開雙翼準備再度出擊之際。他卻感到後頭，迎來一陣怪風。

　　未及回頭，傻瓜便被一個巨大黑影籠罩著。

　　呼呼嘭嘭！

　　傻瓜竟突然被襲？

✕✕✕✕✕✕✕✕

「妹妹、僖僖，怎麼妳們會在這裡？」

要怎麼回應這問題？

妹妹和僖僖對望一眼，現在只可「喵喵」的回應孤泣。

「阿納，剛才⋯⋯你沒鎖好門？」

阿納瞪大眼睛，心想自己明明關上工作室的門，怎麼僖僖她們會走到這裡來。

此刻並不是追究責任的時候。孤泣心想，既然妹妹和僖僖走了出來，其他孤貓又會怎樣？

想到這一層，孤泣吞了一下口水，立即抱起妹妹和僖僖，要回到工作室。

「那三貓 B 怎麼算？」阿納問道：「剛才我⋯⋯看到那隻失魂鳥好像⋯⋯咬著豆花她們衝進升降機內。」

「還有一隻白貓在追著那隻鸚鵡!」阿星接著說道。

孤泣心想,怎麼自己什麼也看不到?阿星所說的白貓理應是瞳瞳?

到底如何是好?

工作室內的孤貓們,可能因為沒關好門而四散,同時在升降機內的三貓 B 和瞳瞳,此刻的狀況又如何?

這兩難的局面,要怎麼處理?

孤泣還沒想好對策,阿納便從孤泣手上搶過妹妹和僖僖:「這樣吧!我們分頭行事,你快從另一部升降機下樓,看看瞳瞳她們的狀況。而我現在先回到工作室⋯⋯」

　　沒想到阿納在這危機關頭下，竟如此冷靜從容。

　　反過來，孤泣卻**六神無主**。經阿納一說，馬上便照著做。

　　另一部升降機的門打開，孤泣閃身入內，按下「*G*」後，也不停按著關門按鈕。

　　好像這樣做會加快關門似的，但如果要追上另一部升降機，事實上有難度。

　　「叮噹！」終於到了地下。

　　孤泣期待又擔憂，到底剛才發生什麼事？怎麼瞳瞳和貓 B 們會跟一隻鸚鵡同在十二樓？而在升降機內又會發生什麼事情？

　　孤泣衝出升降機，一步便踏進大堂。

　　意想不到的事情便出現了。

　　瞳瞳和三貓 B，竟默默的守候著。

　　「喵喵……」

　　四貓的樣子，似全然沒發生過什麼。那表

情就如平常肚子餓時，裝著楚楚可憐般。

「妳們剛才發生什麼事？」

「喵喵喵喵！」

孤泣還以為能跟孤貓們有良好溝通。但他其實一點也不懂……

「好了好了！我們快回家吧！真是令我擔心……」

怎麼一切如常？
傻瓜到了哪裡？
在升降機內又發生了什麼事情？

POSTSCRIPT 後記
離奇困獸鬥

在升降機內，瞳瞳跟鸚鵡傻瓜，要展開一場困獸鬥！

WAAAAAAAHHHHHHHHHH......!!!!!!

傻瓜本來咬著三貓 B，此刻從空中放口，要把她們直丟到地下。

瞳瞳看著自己的女兒要從天而降，大為緊張！

瞳瞳不容細想，馬上撲前要接著女兒！

三貓B 及時被媽媽接住，確實驚險萬分！

瞳瞳雖能拯救三貓B，不過傻瓜又怎會放過她？
此時的傻瓜從空中直撲向瞳瞳，要再度施襲！

WWWWAAAAHHHHHH

看我的！！！

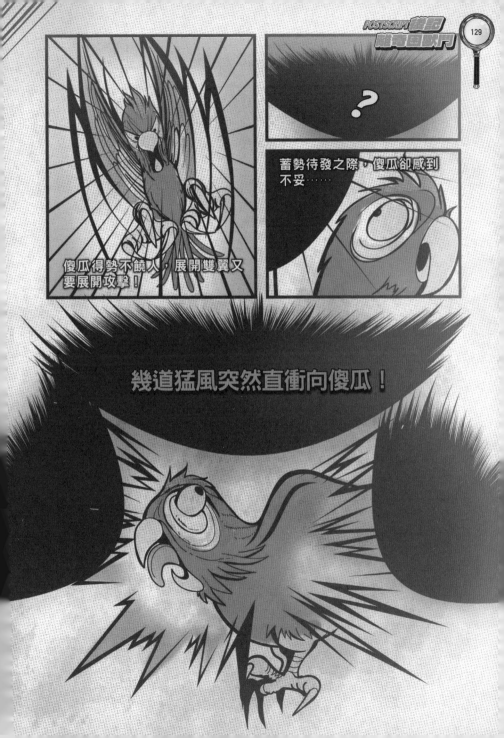

傻瓜此刻被三貓連消帶打，完全沒有還手之力。

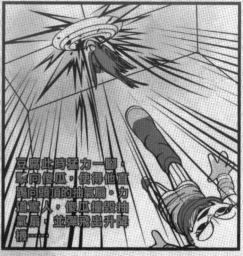

豆腐此時猛力一踢，擊向傻瓜，使得他直踢向頭頂的抽氣扇。力道驚人，傻瓜撞毀抽氣扇，並彈飛出升降機……

瞳瞳看到這一幕，嚇得目定口呆！怎麼我的女兒那麼厲害？

怎麼一切如常？

正當三貓 B 把傻瓜收拾，升降機便剛好到達地下大堂。

瞳瞳她們也想到孤泣會從另一部升降機下樓，立刻便變回乖巧的模樣。

傻瓜應有此報！對於他被撞到升降機槽後的狀況，大家也不想知道。

在危難中母女得已團聚，這才是最重要。

更難得的是，大伙兒又能回到

奴才孤泣身邊。

　　在工作室內，焦急萬分的孤貓們，看到孤泣抱

著四貓回來後，會有多興奮雀躍？

九貓偵探社 第三集完
待續

孤貓成語教室

叫苦連天

指不斷發出痛苦的叫喊聲。
近義詞：含冤受屈、苦不堪言
反義詞：眉開眼笑、笑逐顏開

天荒夜譚

比喻離奇的言論，出自阿拉伯民間故事《一千零一夜》。
近義詞：痴人說夢、無稽之談
反義詞：言之有理、有根有據

靜觀其變

指事件到了不能預料的地步，只好再作打算。
近義詞：見機行事、按兵不動
反義詞：躍躍欲試、蠢蠢欲動

半夢半醒

形容人尚未清醒的狀態。
近義詞：糊里糊塗、迷迷糊糊
反義詞：一清二楚、清晰可見

偷龍轉鳳

指用偷換的辦法，暗中改換事物的內容，以達矇騙的目的。
近義詞：偷天換日、弄虛作假
反義詞：正大光明、安分守己

足不出戶

指人一直待在家裡，很少出門。
近義詞：深居簡出、不問世事
反義詞：遠渡重洋、浪跡天涯

勝券在握

比喻行事不謹慎，使對方察覺而有所防備。
近義詞：穩操勝算、成功在望
反義詞：打定輸數、束手無策

卑鄙無恥

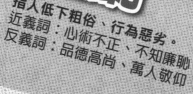

指人低下粗俗、行為惡劣。
近義詞：心術不正、不知廉恥
反義詞：品德高尚、萬人敬仰

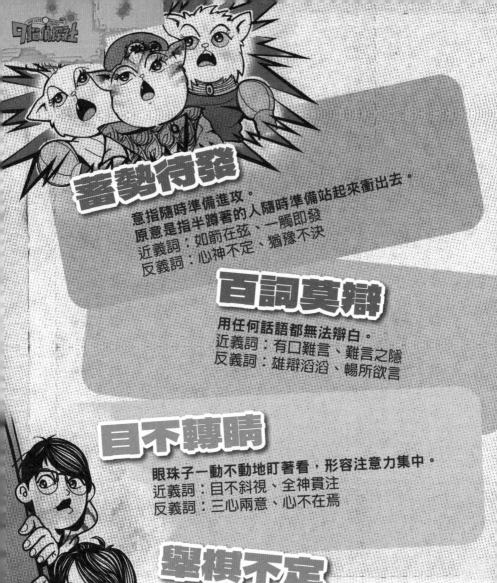

蓄勢待發

意指隨時準備進攻。
原意是指半蹲著的人隨時準備站起來衝出去。
近義詞：如箭在弦、一觸即發
反義詞：心神不定、猶豫不決

百詞莫辯

用任何話語都無法辯白。
近義詞：有口難言、難言之隱
反義詞：雄辯滔滔、暢所欲言

目不轉睛

眼珠子一動不動地盯著看，形容注意力集中。
近義詞：目不斜視、全神貫注
反義詞：三心兩意、心不在焉

舉棋不定

本指拿著棋子，不能決定下一步怎樣下。
比喻做事猶豫不決。
近義詞：猶豫不決、優柔寡斷
反義詞：當機立斷、堅定不移

冥頑不靈

意指頑固，不知醒悟的人。
近義詞：執迷不悟、食古不化
反義詞：茅塞頓開、聰明才智

一目了然

意指看一眼就完全清楚明白。
近義詞：一清二楚、一覽無遺
反義詞：迷離恍惚、錯綜複雜

得而復失

意指剛得到又失去了。
近義詞：鏡花水月、功虧一簣
反義詞：失而復得、水到渠成

六神無主

「六神」是人的六大器官，是指身上
所有神魂都失去定位，心慌意亂。
近義詞：驚惶失措、慌慌張張
反義詞：神態自若、若無其事

9貓偵探社
成員介紹

豆豉

綽號：豆豉爸
星座：獅子座
特徵：圓大眼睛
性格：重義氣，
　　　對朋友義
　　　無反顧，
　　　但有時魯
　　　莽衝動。

瞳瞳

綽號：大公主
星座：巨蟹座
特徵：異色瞳
性格：愛八卦、
　　　貪食、淘
　　　氣任性。

豆花

豆豉大女

綽號：花花
星座：處女座
特徵：三色貓
性格：裝可憐，
　　　有大姐姐
　　　風範。

豆奶

豆豉二女

綽號：阿奶
星座：處女座
特徵：全白色
性格：書卷氣，
　　　觀察力超
　　　強。

豆腐

豆豉三女

綽號：大尾
星座：處女座
特徵：白色，頭
　　　頂有三點
　　　黑毛。
性格：飄忽，猜
　　　不到下一
　　　刻在想什
　　　麼。

僖僖

綽號：厭世貓
星座：白羊座
特徵：金黃色
性格：理性，社
　　　交能力超
　　　強，非一
　　　般電腦奇
　　　才。

妹妹

綽號：破壞王
星座：水瓶座
特徵：黃白毛色
性格：神秘、害
　　　羞、破壞
　　　力和創造
　　　力集於一
　　　身。

哥哥

偵探社副指揮

綽號：躲藏王
星座：水瓶座
特徵：黑白毛色
性格：驚人專注
　　　力，能看
　　　清十里外
　　　的事物。

夕夕

偵探社總指揮

綽號：小霸王
星座：雙魚座
特徵：啡色虎紋
性格：有大哥風
　　　範，偵探
　　　頭腦。

監制	孤泣
作者 / 繪畫	梁彥祺
編輯 / 校對	小雨

出版：孤泣工作室
　　　荃灣德士古道 212 號，W212, 20/F, 5 室
發行：一代匯集
　　　旺角塘尾道 64 號，龍駒企業大廈，10 樓，B&D 室
承印：美雅印刷製本有限公司
　　　觀塘榮業街 6 號，海濱工業大廈，4 字樓，A 室

出版日期： 2022 年 7 月　 ISBN 978-988-75830-8-0
HKD $88